RATUS POCHE

COLLECTION DIRIGÉE PAR JEANINE ET JEAN GUION

La classe de 6e au Puy du Fou

La classe de 6e

- La classe de 6e et les hommes préhistoriques
- La classe de 6e tourne un film
- La classe de 6e au Futuroscope
- La classe de 6e découvre l'Europe
- La classe de 6e et les extraterrestres
- La classe de 6e et le monstre du Loch Ness
- La classe de 6e au Puy du Fou

 ISSN 1259 4652, ISBN 2-218-74821-5

La classe de 6e au Puy du Fou

Une histoire d'Hélène Kérillis
illustrée par François San Millan

HATIER

Les personnages de l'histoire

Le Tondu : petit débrouillard, jamais à court d'idées.
Son passe-temps favori : tout expérimenter.

Crème-Baba : incorrigible gourmande.
Son dessert préféré : le baba à la chantilly.

D'Artagnan : doux rêveur toujours dans la lune.
Sa passion : les animaux.

Double-Dose : porte un gilet bourré de médicaments.
Sa vocation : devenir médecin.

Cocoax : grenouille apprivoisée de D'Artagnan.

Le site extraordinaire et le spectacle magique du Puy du Fou ont inspiré Hélène Kérillis, et lui ont donné envie d'y emmener sa classe de 6e pour lui faire vivre une aventure passionnante.
Les lieux sont fidèlement décrits, mais les événements et les personnages sont, bien sûr, imaginaires.

1

Ce matin, un vent de folie souffle sur la classe de 6e. À huit heures, mon copain Le Tondu arrive au collège en brandissant un nouveau bricolage à sa manière : un boîtier de plastique noir avec voyants lumineux, antenne et micro.

– Qu'est-ce que c'est ? dis-je.

– Un foldingoscope.

– Un fol… quoi ?

– Un foldingoscope ! Un appareil à détecter les fous. Dis un truc dingue, pour voir.

– Mais je…

– Allez, Crème-Baba ! Dis n'importe quoi !

Pas si facile le matin juste avant d'entrer en classe ! À court d'idées, j'ouvre le premier livre sorti de mon cartable :

– Dans un triangle rectangle, le carré de l'hypoténuse…

Je n'ai pas le temps d'aller plus loin. Une espèce de meuglement m'interrompt et des voyants lumineux se mettent à clignoter. Tout rouges !

– Qu'est-ce que ça veut dire ?

– Euh… En principe, que tu es folle à lier… Enfin, plutôt le livre…

À la récréation de dix heures, autre genre de folie. Après avoir dégusté le remontant habituel de mes récréations, un baba à la chantilly, j'ouvre mon cartable.

– Zut de zut ! J'étais pourtant sûre de l'avoir mise là-dedans hier soir !

– Qu'est-ce que tu as perdu, Crème-Baba, tes carambars ? Et ton ventre proteste ?

Double-Dose, ma meilleure copine, vient de me rejoindre. Parfois, elle m'énerve : j'ai bien le droit d'être gourmande ! Moi, je ne lui reproche pas d'être la fille la plus intelligente de la classe !

– C'est ma flûte que j'ai perdue, dis-je.

– Regarde sous le préau. C'est pas ce que tu cherches, par hasard ?

D'Artagnan, notre grand copain toujours dans la lune, est assis en tailleur, une flûte à la main. Cocoax, sa grenouille apprivoisée, est perchée sur un de ses genoux.

– C'est… c'est fou ! Tu… tu vois ce que je vois ? dis-je avec effort à ma copine.

Non seulement la grenouille de D'Artagnan bat la mesure avec sa patte, mais en plus elle souffle elle aussi dans une flûte. *Ma* flûte ! D'Artagnan a dû la prendre dans mon cartable… Il va m'entendre ! Je me plante devant le duo de flûtistes et je m'écrie :

– Eh ben, c'est du joli !

– Ha ! Toi aussi tu trouves qu'elle joue bien ? me répond mon copain avec un grand sourire.

Mousquetaire défenseur de la Nature, il croit que les animaux sont des êtres doués de pensée et même de parole. Il prétend comprendre leur langage. Mais pour le reste, il est en complet décalage avec la vie.

Dernier coup de folie de la journée : le cours de Mme Cédé. C'est la professeur de musique la plus géniale du monde. Sauf quand on oublie sa flûte.

– Mille tralalas ! s'exclame Mme Cédé. Avez-vous révisé votre GPPM ?

– Oui madaaaaame ! répond en chœur la classe de 6e.

La GPPM, Gamme du Parfait Petit Musicien, c'est la manie de Mme Cédé. Comme chaque semaine, elle nous fait chanter la GPPM tout en ajoutant ses commentaires.

– *Doooo, dormir sur ses deux oreilles*, commence la classe.

– On a les tympans reposés pour bien apprécier la musique, précise Mme Cédé.

– *Réééé, réviser sa flûte et respirer à fond.*

– L'oxygénation, c'est essentiel.

– *Miiii, minimiser les couacs.*

– Pas de fausse note, c'est un idéal de vie.

– *Faaaa, fabriquer un autre son de cloche.* 1

– C'est-à-dire chercher sa voie au lieu de copier ce que font les autres.

– *Sooool, solfier tous les jours.*

– La musique adoucit les mœurs.

– *Laaaa, se laisser aller sur le rythme.*

– Seuls les intolérants se crispent.

– *Siiii, siffler en travaillant.*

– C'est-à-dire aimer ce qu'on fait. Mille tralalas ! C'est parfait ! dit Mme Cédé. Je vois que vous êtes prêts pour notre voyage.

– Un voyage ! Quel voyage ? On part quand ? On va où ? s'écrie toute la classe.

Explications : avec Mme Es, professeur d'arts plastiques, Mme Cédé organise un « séjour du patrimoine » pour développer notre culture musicale et notre sensibilité artistique. Le voyage comprend un atelier de musique médiévale dans un château du Moyen Âge, une visite dans un manoir du XVIIIe siècle et l'étude des arts de l'époque. On terminera avec une visite au Puy du Fou, domaine où s'est construit un parc de loisirs avec de multiples attractions. Dans la classe de 6e, chacun veut montrer qu'il se prépare au voyage avec enthousiasme :

– Au Puy du Fou ?

– C'est fou ce qu'on va découvrir !

– J'ai le fou rire, c'est normal ?

– Si j'emportais mon bonnet à clochettes ? 2

– T'auras un succès fou !

– Plus on est de fous, plus on rit !

– Avec mon foldingoscope, je vais faire des ravages !

Eh bien, ça promet ! Un séjour au Puy du Fou va-t-il tous nous rendre cinglés, dérangés, maboules, timbrés, détraqués ? Ou givrés ? Au choix…

– Au Puy du Fou, nous visiterons le parc de loisirs, dit madame Es.

Que va faire la classe de 6e avec Mme Cédé ?

Elle nous détaille le programme quelques jours
plus tard. Chacun de ses gestes fait cliqueter ses 3
multiples bracelets de métal.

– Auparavant, continue-t-elle, il y aura deux ateliers pédagogiques : musique médiévale à Tiffauges, le château de Barbe-Bleue, et arts du XVIIIe siècle à la Chabotterie…

– La Chabotterie ? C'est le château du Chat Botté ? demande D'Artagnan.

– …avec des fiches à compléter sur la musique, sur la peinture, sur l'architecture, sur…

Je trouve que cette avalanche de comptes rendus assombrit sérieusement les folles journées qu'on espérait avec Mme Cédé… Voilà comment la classe de 6e part pour un séjour du patrimoine, avec un programme aussi chargé que celui d'un ministre !

2

Première étape : la Chabotterie. Nous descendons du car après une demi-journée de voyage et nous nous regroupons devant une belle bâtisse en pierres de taille. Dans un cliquetis de bracelets, Mme Es nous explique :

– Le lieu doit sa célébrité à l'arrestation du général Charette, pendant la Révolution.

Pour une fois, D'Artagnan a l'air de suivre au même rythme que le groupe car il demande :

– Ce général, il avait des bottes ?

– Euh… probablement. Mais pourquoi me demandes-tu cela ?

– C'est pour bien comprendre, dit mon grand copain, l'air concentré.

Visiblement, il fait des efforts pour rester les pieds sur terre. Mais ça donne un résultat inattendu : D'Artagnan est désormais persuadé que le surnom du général Charette, c'est le Chat Botté !

Sur le parking de la Chabotterie, un autre car

s'est garé à côté du nôtre et une classe se joint à nous : ce sont les élèves avec lesquels nous réalisons un échange scolaire. Nous logerons dans leur famille, les visites se feront en commun, et plus tard, nous recevrons l'autre classe chez nous. Les professeurs font l'appel. Double-Dose et moi, nous avons pour correspondante une fille qui nous plaît tout de suite avec son bandana noué autour du cou. Elle s'approche d'un pas élastique.

– Salut ! Moi, c'est Puyfolette. Et vous ?

Quel drôle de surnom ! Puyfolette s'en explique aussitôt : au Puy du Fou, on donne à la belle saison un extraordinaire spectacle nocturne, la Cinéscénie. Les acteurs, tous bénévoles, se nomment les Puyfolaises et les Puyfolais, comme les habitants d'un grand village.

– Moi, j'ai commencé à jouer dans les bras de ma maman. J'avais six mois ! Ensuite, il paraît
que je courais partout comme un feu follet 4
pendant les répétitions. Alors on m'a surnommée Puyfolette.

Un meuglement ponctue l'explication. C'est le foldingoscope du Tondu qui vient d'intervenir.

– Ça marche ! dit mon copain en manipulant les touches.

– Tu veux dire que d'après cet appareil, je suis cinglée ? demande Puyfolette.

On vient de lui expliquer le fonctionnement du foldingoscope et elle se tient face au Tondu, les bras croisés, fusillant du regard mon copain. Il bredouille :

– Euh… je… c'est-à-dire…

Voilà qui ne m'étonne pas du Tondu ! Emballé par la technique, mais incapable de voir les conséquences humaines. Heureusement, Puyfolette a le sens de l'humour :

– Si ça se trouve, ton appareil est inversé !

– Inversé ?

– Il détecte la folie… chez celui qui manipule les commandes !

Maintenant que les deux classes sont réunies, nous entamons la visite de la Chabotterie avec un guide :

– C'est un logis du XVIIIe siècle, c'est-à-dire une maison noble associée à une ferme de production. Dans la cour carrée, remarquez la tour couverte d'ardoises, les…

– Vous pouvez répéter ? demande un garçon de la classe de Puyfolette.

Derrière ses lunettes, il regarde alternativement le guide et son carnet où il note le maximum d'informations, comme s'il avait peur de rater quelque chose. Je demande à Puyfolette :

– Qui c'est, celui-là ?

– La plaie de la classe ! Toujours à gratter du papier, à demander des exercices supplémentaires… Il est épuisant ! On l'appelle Babar, parce qu'il a une mémoire d'éléphant.

Je regarde le dénommé Babar. C'est le genre bon élève coincé. Il ne doit pas savoir ce que ça veut dire, s'amuser. Au fond, il est à plaindre…

– Premier compte rendu ! annonce Mme Es dans un cliquetis de bijoux. Une description de la tour d'entrée. Notez bien le cadran solaire !

– Et aussi le heurtoir de la porte ? demande Babar en se précipitant, crayon en main.

Les pièces du logis ne sont pas très vastes, aussi les professeurs nous séparent en deux groupes. L'un commence par les extérieurs, dépendances, verger, jardin clos, lavoir, tandis que l'autre entre dans la bâtisse. Puyfolette est dans mon groupe ainsi que l'épuisant Babar.

Salle à manger, chambre, salle de commandement et cabinet de curiosités, nous parcourons 6
des pièces meublées comme si quelqu'un y habitait encore. On trouve des objets de la vie quotidienne, éventails, perruques, encriers, mais aussi des instruments scientifiques, compas, règles, télescopes… Il y a même une harpe qui fait l'admiration de Mme Cédé. Quant à Mme Es, elle nous demande de choisir un objet qui nous plaît et d'en faire un croquis détaillé. Pour la dixième fois au moins, Babar se plaint que ça va trop vite et qu'il n'a pas le temps de tout écrire.

Au cours de la visite, nous croisons un homme chargé d'appareils photos. Avec sa mèche de cheveux qui lui tombe sur l'œil, je me demande comment il fait pour viser dans l'objectif. Comme il déplie un pied pour y installer un de ses appareils, Le Tondu lui demande :

– C'est un reportage pour un magazine ?

– Un reportage. Oui. Pour mon canard.

– Vous avez un canard apprivoisé ? demande D'Artagnan.

Double-Dose intervient :

– Tu as déjà vu des canards qui lisent ? Pourquoi pas un bœuf qui tricote ?

– Qu'est-ce que tu as contre les bœufs ? s'écrie D'Artagnan.

L'homme à la mèche sourit. Il explique qu'il est journaliste et que, dans la profession, un journal s'appelle un canard.

– Et un canard à plumes, vous l'appelez comment ? demande D'Artagnan.

Puyfolette observe le journaliste depuis le début de la conversation. Soudain, elle demande :

– C'est bien vous qui êtes venu interviewer ma sœur après son accident ?

– Quel accident ? J'en fais des dizaines !

– Une chute de cheval au Puy du Fou.

Oui, le journaliste se souvient. À ses yeux qui brillent, je vois que le fait divers l'a intrigué.

– Ha oui ! La série noire au Puy du Fou ! Ta sœur va mieux ?

– Elle vient juste de reprendre l'entraînement.

Quand le journaliste a parlé de série noire, Double-Dose a dressé l'oreille. Évidemment ! Un mystère passe à sa portée, et la voilà prête à se lancer dans une enquête, de préférence avec action, danger, frissons. Tout ce que je déteste.

Qu’est-il arrivé à la sœur de Puyfolette ?

Au lieu de fabriquer un foldingoscope qui ne sert à rien, Le Tondu serait bien inspiré d'inventer une machine à guérir les crises d'aventurite de 7
ma copine !

Tandis que nous quittons le manoir, Double-Dose bombarde Puyfolette de questions :

– Une série noire ? Que s'est-il passé ? Et ta sœur ? Que lui est-il arrivé ?

Mais alors que nous nous apprêtons à remonter dans les cars, le gardien de la Chabotterie se précipite vers les professeurs, la cravate de travers. Il est tellement ému qu'il n'arrive pas à prononcer un mot. Il agite les bras, déplaçant l'air autour de lui.

– Il a avalé un ventilateur ? demande Le Tondu.

– Que serponne… Que personne ne sorte ! bafouille le gardien.

– On est déjà dehors, fait remarquer Double-Dose.

– Touillez-les… Fou…Fouillez-les tous !

Furieux, le gardien nous bouscule avec violence.

– Mille tralalas ! Quels sont ces procédés ? proteste Mme Cédé.

– C’est inacceptable ! ajoute Mme Es en agitant ses bracelets.

– On a lové… On a volé l’encrier du général Charette !

– Mille tralalas ! C’est impossible ! dit Mme Cédé.

Mais le gardien est formel : il a vu l’encrier sur la table de la salle de commandement il y a une heure à peine. Et à part le journaliste, seules nos deux classes ont été admises à visiter la Chabotterie aujourd’hui.

– Le loveur… Le voleur est l’un des élèves ! accuse le gardien.

Mme Cédé et Mme Es protestent énergiquement. Ça me fait chaud au cœur qu’elles aient confiance en nous. Mais le gardien n’en
démord pas. Retour des élèves dans l’entrée de 8
la Chabotterie. Discours des professeurs pour encourager l’éventuel coupable à rendre l’objet. Ouverture des sacs. Le tout sans résultat, à part une crise nerveuse de Babar. Le pauvre garçon avait justement choisi de dessiner l’encrier : un petit plateau doré sur lequel sont posées des corolles de métal remplies d’encre. Le gardien exige une fouille de Babar : il ne cache rien ni

sur lui ni dans son sac à dos. Le gardien se résigne à nous laisser partir. Mais il fera une déclaration de vol à la police. Nous nous engouffrons dans les cars. Direction : les familles d'accueil.

– Si c'était une mauvaise plaisanterie ? dis-je. Quelqu'un a caché l'encrier et vu les conséquences, il n'a pas osé l'avouer…

– Quand je pense que ça s'est produit sous mon nez et que je n'ai rien vu du tout ! s'exclame Double-Dose, vexée.

Effectivement, pour quelqu'un qui adore mener des enquêtes, c'est rageant !

3

Les cars nous déposent devant le collège de Puyfolette. Le parking est noir de monde : les familles d'accueil guettent notre arrivée. Après un ballet de valises et de sacs, la professeur de musique nous fait des recommandations :

– Soyez polis et serviables, mille tralalas ! N'oubliez pas de réciter la GPPM ! *Do, dormir sur ses deux oreilles. Ré, réviser sa flûte et respirer à fond…*

– Oui madaaaaame ! répond la classe de 6e avec un bel ensemble.

Enfin, chacun trouve son point de chute. La mère de Puyfolette nous accueille avec deux bises chaleureuses et nous demande, dès notre arrivée chez elle, si nous avons faim ou soif. Voilà une personne avec qui je vais très bien m'entendre. Double-Dose, elle, est capable d'oublier son estomac quand elle est sur une piste. Mais pas moi !

Lorsque nous nous retrouvons dans la chambre

que nous partageons avec Puyfolette, ma copine reprend son enquête :

– Cette série noire, quand a-t-elle commencé ?

– Depuis la réouverture du parc pour la saison. Des costumes ont disparu, il y a eu des pannes électriques, et une vingtaine de personnes ont été victimes d'une intoxication alimentaire. 9

– Et l'accident de ta sœur ?

– Fifi exécute un numéro de combat acrobatique à cheval. C'est une excellente cavalière ! dit Puyfolette, visiblement fière de sa grande sœur.

– Pourtant, elle a fait une chute…

– Inexplicable ! Son cheval a fait un écart totalement imprévu. On ne comprend pas ce qui lui a pris.

– Ça lui était déjà arrivé ?

– Non, jamais !

– Je me demande pourquoi ce fait divers a eu l'air de tant intéresser le journaliste… murmure Double-Dose.

Le mystère ne s'éclaircit pas. Moi, je ne demande pas mieux que de clore l'enquête. 10
Après tout, Fifi s'est remise de sa chute. Les ennuis, ce doit être courant lors d'un spectacle

qui rassemble un millier d'acteurs… Et tout paraît rentré dans l'ordre, maintenant. Mais Double-Dose ne lâche pas prise.

– Qui a remplacé ta sœur quand elle a été blessée ?

– Thierry, le patron d'un club d'équitation. C'est lui qui s'occupe des chevaux sur le parc. Et il s'entraîne pour devenir cascadeur.

– J'aimerais bien le rencontrer, dit ma copine.

– Justement, les professeurs ont prévu une séance d'initiation à l'équitation.

Sur ces paroles, la mère de Puyfolette annonce ce que j'attends depuis notre arrivée :

– À table ! Ce soir, gratin dauphinois !

Hummmm ! Que ça sent bon dans la cuisine ! J'oublie instantanément les horreurs de la série noire. Et si Double-Dose prononce encore un mot sur ce sujet, je lui fais avaler sa fourchette !

Le lendemain, notre « séjour du patrimoine » se poursuit avec un atelier sur les couleurs au Moyen Âge, suivi d'une visite au château médiéval de Tiffauges. Il se dresse au sommet
d'une butte escarpée. Tout autour, s'élèvent des 11
fortifications impressionnantes : un mur d'enceinte

de plusieurs centaines de mètres de long et dix-huit tours qui se reflètent dans la rivière. Là vivait au XVe siècle un seigneur nommé Gilles de Rais, mais que tout le pays appelle Barbe-Bleue.

– Je me demande s'ils étaient copains, le Chat Botté et lui, murmure D'Artagnan.

– Gilles de Rais n'a pas tué sa femme, bien qu'on le surnomme Barbe-Bleue, explique le guide. Par contre, il a été accusé de sorcellerie : on raconte qu'il capturait des enfants et les tuait pour recueillir leur sang…

Quelle horreur ! Je croyais qu'on faisait un voyage pour découvrir l'art, pas pour me couper l'appétit !

– …car à l'époque, continue le guide, on croyait que le sang des enfants pouvait servir à fabriquer de l'or. Transformer le plomb en or, c'était le but de Gilles de Rais avec son
complice, l'alchimiste. C'est dans la tour que les 12
deux hommes faisaient leurs expériences. On a reconstitué leur laboratoire, avec venin de serpent, poudre d'araignées, crapauds en bocaux…

– C'est pas un endroit pour les grenouilles ! s'exclame D'Artagnan en vérifiant que Cocoax

Que faisaient Gilles de Rais et l'alchimiste dans la tour ?

est bien dans sa poche. Ça va la traumatiser, elle va me faire des cauchemars la nuit prochaine !

Et il refuse absolument d'entrer dans la tour. Moi, je suis un peu inquiète. Si un alchimiste bondissait hors du temps pour enlever deux ou trois enfants ? Je me serre contre Double-Dose. Babar n'a pas l'air dans son assiette, lui non plus. Hésitant, il entre avec nous dans la tour, la main crispée sur son carnet comme sur une bouée de sauvetage.

La porte se referme avec un bruit de ferraille. On n'y voit rien. Brrr ! Quand mes yeux s'habituent à la pénombre, j'aperçois un homme
en cagoule. Lentement, il saisit un candélabre 13
qui était caché derrière un paravent. Il éclaire une étagère sur laquelle sont alignés des bocaux remplis de liquides verdâtres. Avec l'effet de loupe que produit le verre, j'aperçois la tête démesurément grossie d'un serpent, la patte
difforme d'un crapaud et d'autres horreurs. 14
Soudain, un bruit étrange me glace le sang : une ronde de squelettes nous entoure au son d'une musique traversée de gémissements, de cris, de bruits grinçants qui martyrisent nos tympans. À peine les squelettes ont-ils disparu qu'une tête

d'enfant apparaît. Une tête toute seule, séparée de son corps ! Et qui nous fixe de ses yeux exorbités ! Au secours ! 15

– On dirait une vraie tête ! s'exclame Double-Dose, admirative.

Elle ne se laisse pas impressionner. Moi, ça me donne mal au cœur !

– Oyez, oyez les crimes de Gilles de Rais ! 16
commente l'homme à la cagoule.

Il place une coupe de métal sous la tête d'où le sang se met à goutter. En même temps, il raconte comment l'alchimiste de Tiffauges ajoutait ce sang à son mélange, soit disant pour obtenir de l'or. Il récitait cette formule :

Quand eaux plus leur pente ne suivront,
Quand animaux plus n'obéiront,
Quand l'embrasement ira jusqu'au noir,
Quand liquides deviendront sang,
Quand temps se rassembleront,
Alors transmutation sera : de plomb, on fera or,
Et fin du monde ancien sera.

Puis l'homme verse le sang dans un récipient où chauffe un mélange noir : la préparation vire au rouge puis devient couleur d'or. On entend des murmures d'admiration dans le public.

Moi, j'écarquille les yeux et je demande à ma copine :

– C'est vraiment de l'or ?

– Si quelqu'un avait la formule, ça se saurait ! dit Double-Dose.

C'est la fin de la visite. Quand nous remontons à l'air libre, j'ai l'impression de revenir d'un voyage de dix siècles en arrière. Le meilleur remède pour remettre les pendules à l'heure, c'est un carambar.

J'aperçois alors D'Artagnan qui bavarde avec le journaliste d'hier. Je m'approche : si le journaliste est là, c'est qu'il y a du nouveau.

– Vous savez quoi ? dit mon copain.

– Coa ? répète Cocoax.

– Quoi ? dis-je.

– L'encrier a été retrouvé. On est tous hors de cause !

– J'ai fait un papier dans mon canard, dit le journaliste en secouant sa mèche. L'encrier a réapparu dans la salle de commandement, à l'endroit même où il avait disparu. Seulement, il était plein non pas d'encre mais… de sang !

J'ai peine à retenir une exclamation de dégoût.

– J'ai une théorie à propos de l'encrier, ajoute 17

le journaliste. Je suis venu la vérifier à Tiffauges… Vous lirez ça très bientôt dans mon canard !

Et le journaliste tourne les talons, très fier de lui.

– M'énerve à la fin ! s'écrie Le Tondu. Il peut pas faire une phrase sans parler de son canard !

– On n'a qu'à l'appeler Coin-Coin ! dit Puyfolette en étouffant un rire.

– Moi aussi j'ai une théorie pour l'encrier, dit Double-Dose. Je me demande si c'est la même…

4

– Une théorie, c'est très joli. Double-Dose peut en faire une douzaine à propos de cet encrier si ça lui chante. Mais je crains qu'à un moment ou à un autre, elle ne veuille vérifier ce qu'elle a imaginé en passant à la pratique. Comment l'en empêcher ? Comment échapper à une épouvantable aventure avec Double-Dose dans le rôle de l'héroïne et moi, comme d'habitude, dans le rôle de la copine obligée de suivre ? Mieux vaut se taire pour ne pas l'encourager. Je ne lui dis pas que Babar est devenu tout pâle quand il a entendu parler de l'encrier. On dirait qu'il a peur. Mais de quoi ?

Le soir, quand nous éteignons la lumière dans notre chambre, je n'ai qu'une envie : oublier toute cette affaire. Et comme dirait Mme Cédé avec sa GPPM : *Do, dormir sur mes deux oreilles.* Mais Puyfolette, sans doute incapable de trouver le sommeil, parle à nouveau de l'encrier :

– C'est peut-être le fantôme du général

Charette qui l'avait emporté ?

– Les fantômes, ça n'existe pas ! réplique Double-Dose.

– Mais… le sang dans l'encrier…

– Justement, les fantômes n'ont pas de sang !

– Alors c'est quoi, ta théorie ? demande Puyfolette.

Double-Dose se met à parler sur le même ton de voix sépulcral que l'homme à la cagoule au château de Tiffauges :

– *Quand animaux plus n'obéiront*… C'est ce qui est arrivé au cheval de Fifi ! *Quand liquides deviendront sang*… C'est ce qui est arrivé avec l'encrier !

– La formule de l'alchimiste ! s'écrie Puyfolette.

– Aa… arrête ! dis-je à Double-Dose. Sissi… si tu veux papa… parler de ça, au moins, aa… allume la lumière !

Double-Dose ne se le fait pas dire deux fois. Elle se dresse sur son lit, tourne l'interrupteur et déclare, les yeux brillants :

– Tous ces événements sont en relation avec la prédiction, c'est ma théorie !

– Tu es sûre ? dit Puyfolette en s'asseyant à son tour dans son lit. Je ne vois pas le rapport entre la prédiction et le vol des costumes…

– De toute façon, qu'est-ce que ça prouve ? dis-je.

– Rien, avoue ma copine à regret. Je ne comprends pas où ça mène…

– Alors si on dormait ? je propose. On y verra peut-être plus clair demain ?

– Et *Les temps qui se rassemblent*, demande Puyfolette sans m'écouter, qu'est-ce que ça peut bien vouloir dire ?

Pour ce point non plus, Double-Dose n'a pas d'explication. Mais avec son esprit logique et sa persévérance, je suis sûre qu'elle fera tout ce qui est en son pouvoir pour trouver ! À moins que Coin-Coin ne découvre le fin mot de l'histoire avant elle : il nous a assuré que son article était pour bientôt…

– Sans rire, maintenant, si on dormait ? dis-je encore.

À regret, Puyfolette et Double-Dose se glissent à nouveau dans leur lit. Peu après, je les entends respirer régulièrement. Elles dorment. Et moi, maintenant qu'elles ont bien agité cette affaire, voilà que le sommeil me fuit ! Et quand il arrive, c'est un cauchemar : un alchimiste en cagoule nous fait cours de musique à la place de Mme Cédé, et dans mon cartable, les cartouches d'encre sont toutes remplies de sang !

— La journée du lendemain est consacrée à la visite du parc du Puy du Fou. Sur plusieurs hectares, on trouve des attractions toutes plus variées les unes que les autres : la bataille du donjon, le fort de l'an Mil, le stadium gallo-romain, le village 1900 et bien d'autres. Les groupes se répartissent sur le site.

– Aujourd'hui, c'est un grand jour ! déclare Le Tondu.

– Pourquoi donc ? dis-je.

– On est au Puy du Fou. C'est le moment de tester mon foldingoscope !

– Et comment vas-tu faire ?

– C'est simple : je mets l'appareil en marche chaque fois que je rencontre quelqu'un. Si ça meugle, c'est qu'il est fou.

– Et après ? Qu'est-ce que tu fais de tous ces fous ?

Le Tondu n'a pas réfléchi à la question. Il plonge dans un abîme de réflexions.

Tandis que nous nous dirigeons vers le cœur

du parc, Puyfolette reconnaît un jeune homme au sourire éblouissant. C'est Thierry, le patron du club d'équitation. Puyfolette nous présente et s'inquiète :

– Vous êtes là pour remplacer Fifi ? Elle n'a pas fait une nouvelle chute, au moins ?

– Non, répond le jeune homme. Je suis venu faire le point avec la direction pour un nouveau numéro…

– Meuuuh, meuuuh, meuuuh !

– Qu'est-ce que c'est ? s'étonne Thierry.

– Rien, rien ! s'empresse de répondre Le Tondu en éteignant son foldingoscope. Sans doute un… euh… un veau égaré !

– Où ça ? s'inquiète D'Artagnan.

À la façon dont Thierry nous regarde, je vois que c'est nous qui passons pour des fous. Voilà le résultat de l'invention du Tondu ! Thierry nous quitte, avec un autre sourire éclatant.

– Il pourrait faire de la publicité pour un dentifrice ! remarque Double-Dose.

Peu après, Puyfolette, Double-Dose et moi, nous nous retrouvons assises dans des tribunes. En contrebas, les ruines d'un château. Nous

allons assister à un spectacle de fauconnerie 21
intitulé « le bal des oiseaux fantômes ». Je savais
bien qu'il y aurait du fantôme dans cette
histoire ! La bande-son nous apprend que les
fondations de l'ancien château du Puy du Fou
se trouvent ici. Nous voilà donc au cœur de la
folie ! Dommage que Le Tondu soit parti visiter
une autre attraction avec D'Artagnan ! Et le
haut parleur nous donne une explication qui
rend inutile le foldingoscope de mon copain : le
Puy du Fou, ce n'est pas du tout un puits et un
fou. Le mot Puy désigne un mont (comme les
puys en Auvergne), et Fou, c'est l'ancien nom
du hêtre. Nous sommes donc au Mont du Hêtre. 22
Des fauconniers ouvrent des trappes : une nuée
de faucons noirs s'envole des tribunes et passe
au ras de notre tête en poussant des cris
stridents. Malgré moi, je me tasse sur le banc,
essayant de me faire toute petite. Et au cas où le
sucre attirerait les oiseaux, je cache mes
carambars au fond de ma poche. Puis au milieu
d'un brouillard artificiel, une tour fantomatique
surgit du sol et d'énormes oiseaux plongent sur
le public.

– Des aigles !

Au secours ! Je suis visée ! Un des aigles se précipite vers moi, bec en avant. Dans un grand frou-frou d'ailes, il atterrit sur mon épaule. Tétanisée, je n'ose même plus respirer. Je sens 23
ses grosses pattes jaunes qui m'enserrent. Son cri me vrille le tympan. Que le fauconnier fasse quelque chose, et vite ! Un coup de sifflet et les oiseaux retournent sur les poings gantés de leurs maîtres. Ouf ! Je respire à nouveau. Le bal des oiseaux se termine avec des plongeons vertigineux. Les fauconniers rappellent alors leurs aigles. Une fois. Deux fois. Dix fois. Sans succès. Les oiseaux n'obéissent pas ! Au lieu de revenir vers leurs maîtres, ils s'envolent en s'éparpillant au loin. Double-Dose murmure :

– *Quand animaux plus n'obéiront…*

– Encore la prophétie ! s'exclame Puyfolette. 24

Le public quitte lentement les tribunes en commentant l'incident. C'est alors que Coin-Coin arrive en courant, la mèche en bataille.

– Que se passe-t-il ? nous demande-t-il.

– Les oiseaux se sont enfuis ! dit Puyfolette.

– Encore heureux qu'ils n'aient pas attaqué ! dis-je.

Finalement, nous autres humains, nous avons

Que font les oiseaux à la fin du spectacle ?

de la chance que les animaux soient si bien disposés à notre égard. S'ils décidaient de nous déclarer la guerre, je ne sais pas si on s'en sortirait... Mais déjà Coin-Coin a disparu. Il s'est élancé sur la piste des oiseaux tout en sortant son calepin de journaliste.

– Décidément, impossible de faire un pas sans tomber sur lui ! remarque Puyfolette.

– Je me demande comment il a fait pour être aussi vite sur les lieux de l'incident... murmure Double-Dose.

– Il faisait peut-être une visite ?

– Ça m'étonnerait. Il se passe ici quelque chose d'anormal, et j'aimerais savoir quoi ! Je suis sûre que Coin-Coin est sur une piste ici même.

En quittant l'attraction des oiseaux fantômes, nous retrouvons Le Tondu et D'Artagnan.

– D'où sortez-vous ? s'exclame Puyfolette.

Nos deux copains sont trempés des pieds à la tête. Le Tondu est furieux, alors que D'Artagnan, le sourire aux lèvres, se réjouit :

– Ils ont même adapté les attractions pour les grenouilles !

– Coa ! Coa ! approuve Cocoax.

– Comment ça ? demande Puyfolette.

– On était au bord du lac, à essayer les orgues aquatiques, explique Le Tondu. On a actionné 25
les manettes du jeu et le mécanisme a dû se détraquer : au lieu de partir vers le lac, les jets d'eau se sont retournés contre nous et nous ont inondés !

– *Quand les eaux plus leur pente ne suivront...* cite Double-Dose.

– A... arrête avec cette prophétie ! dis-je.

Je commence à être réellement inquiète. Si l'alchimiste de Tiffauges est de retour, on risque d'être enlevés et de servir à transformer le plomb en or !

Après le pique-nique, nous entamons l'après-midi avec l'attraction du fort de l'an Mil. Nous prenons place sur des gradins. Devant nous, une rivière. Au-delà, une place de village. En haut d'une tour de guet un homme en cotte de
mailles veille. Des paysans vont et viennent 26
quand soudain le veilleur sonne l'alerte : les envahisseurs arrivent ! Dans une gerbe d'eau, un drakkar gigantesque surgit du fond de la rivière, déploie son mât et menace le village. Alors une horde de vikings armés de torches déferle en

hurlant. Palissade, tour de guet, maisons, bientôt tout brûle. Un homme s'enfuit, le dos en feu. Jeu de scène d'un cascadeur, ou accident ? Est-ce le spectacle ou la prophétie ? La bataille fait rage, jusqu'au moment où les paysans et les vikings se précipitent ensemble sur des extincteurs en hurlant :

– Au feu ! Au feu !

Je sens la vague de chaleur jusque sur mon visage. La bande-son s'arrête, des pompiers viennent en renfort, mais le bois craque et la tour de guet s'effondre, entièrement calcinée.

Coin-Coin n'est pas encore sur place, mais il ne va sûrement pas tarder.

– C'est un spectacle qui ne convient pas aux grenouilles… Beaucoup trop chaud ! déclare D'Artagnan.

– *Quand embrasement calcinera jusqu'au noir…* cite Double-Dose.

Tandis que nous quittons les lieux, elle se saisit d'un crayon et d'une feuille et va s'installer sur un banc. Elle trace un trait vertical sur la feuille et recopie sur la partie gauche la prophétie de l'alchimiste, en mettant en face les événements survenus.

Quand eaux plus leur pente ne suivront : orgues aquatiques.

Quand animaux plus n'obéiront : cheval de Fifi, aigles.

Quand l'embrasement ira jusqu'au noir : fort de l'an Mil.

Quand liquides deviendront sang : encrier du général Charette.

Cette fois, le doute n'est plus permis. Les événements qui se passent au Puy du Fou correspondent à la prophétie de l'alchimiste. Qu'est-ce que cela signifie ?

Puyfolette a une idée :

– Le Tondu ! Mets ton foldingoscope en marche ! Toi Double-Dose, relis ce que tu viens d'écrire : on va voir comment réagit la machine.

Mes deux copains s'exécutent. Le foldingoscope émet quelques notes gaies tandis que des voyants verts clignotent.

– Donc, l'idée de Double-Dose est bonne ! s'écrie Puyfolette. Ce n'est pas une histoire de fous.

– Mais la fin de la prophétie ? demande Le Tondu. À quoi ça correspond ?

Quand temps se rassembleront,

Alors transmutation sera : de plomb, on fera or
Et fin du monde ancien sera.

– C'est… C'est bientôt la… la fin du monde ? dis-je.

– Crème-Baba ! me dit Double-Dose sur un ton de reproche. Si on arrivait à transformer le plomb en or, ce serait sûrement la fin du monde physique tel que nous le connaissons, mais rassure-toi ! Les alchimistes ne sont que des charlatans ! 27

– Encore faudrait-il que *Les temps se rassemblent*, cite Le Tondu. On n'est pas près d'y arriver !

Qu'est-ce que l'expression peut bien vouloir dire ? Quand il fera nuit et jour en même temps ? Quand on aura les quatre saisons le même jour ? Quand la Préhistoire rejoindra le XXIe siècle ? C'est alors que D'Artagnan revient de la rivière où il a baigné Cocoax pour la rafraîchir après l'incendie. Il demande tranquillement :

– Bon. On a vu le fort de l'an Mil. C'est quoi, la suite ? Le stadium gallo-romain ? Le village XVIIIe siècle ? Le bourg 1900 ?

Il me semble qu'il vient de dire quelque chose

d'important, mais je n'arrive pas à deviner quoi. Plus rapide, Double-Dose s'écrie :

– Tu es génial ! Bravo D'Artagnan !

– Pour coa ? Euh… pourquoi ?

Et ma copine énumère les attractions du parc en comptant sur ses doigts. Le stadium, antiquité ; le drakkar, an mil ; les oiseaux fantômes, époque des Croisades ; la bataille du donjon, XVe siècle ; le village et le chemin des guerres de Vendée, XVIIIe siècle ; et pour finir, le bourg 1900.

– Toutes les époques réunies en un seul lieu ! triomphe Double-Dose. Si ce n'est pas cela *Les temps se rassembleront*, je donne ma langue au chat !

Horreur ! Cela signifie qu'ici, au Puy du Fou, nous sommes tout simplement au centre de la catastrophe à venir !

5

BIENTÔT LA FIN DU MONDE ?

C'est le titre alarmant de l'article de Coin-Coin dans le journal du lendemain matin. Nous sommes attablées pour le petit déjeuner chez Puyfolette, et sa mère me regarde avec satisfaction :

– Eh bien, ça fait plaisir de te voir manger de si bon appétit !

Apparemment, la théorie du journaliste est la même que celle de ma copine. Coin-Coin cite l'accident de Fifi, le vol de l'encrier, sa restitution avec l'encre changée en sang (l'analyse a révélé qu'il s'agissait de sang de poulet). Il ajoute à sa liste les aigles enfuis et l'incendie du fort de l'an Mil. Il continue en évoquant la prophétie de l'alchimiste et conclut :

Le complice de Barbe-Bleue est-il de retour
parmi nous ? Si ce nouvel alchimiste suit les traces
de son prédécesseur comme à l'époque de Gilles de 28
Rais, à quand les enlèvements d'enfants ? À quand

les temps qui se rassemblent ? À quand la fin du monde ?

– On a une longueur d'avance sur lui, dis-je. Il ne sait pas ce que signifie l'expression *les temps qui se rassemblent.*

– Pas sûr, répond Double-Dose. Sinon pourquoi aurait-il été sur les lieux chaque fois qu'il se passait quelque chose au parc du Puy du Fou ?

– Alors pourquoi ne le dit-il pas ?

– Il lui faut d'autres révélations pour les jours à venir, dit Puyfolette. Ça lui permet d'entretenir le suspense…

– En tout cas, affirme Double-Dose, il doit y avoir une explication logique à ces événements. Je suis décidée à la trouver !

Lors de cette deuxième journée au Puy du Fou, elle espère venir à bout de l'énigme. Et bien sûr, il va falloir la suivre. Je me demande si ma réserve de carambars sera suffisante… La mère de Puyfolette nous conduit au lieu de rendez-vous, sur le parking du collège, où l'atmosphère est pesante. Les parents discutent avec les professeurs. D'Artagnan et Le Tondu nous rejoignent.

– Que se passe-t-il ? je demande.

– Tout le monde a lu le journal ! On ne parle que de l'alchimiste ! dit Le Tondu.

– Mais à la fin, qui c'est, ce Lal Shimist ? demande D'Artagnan.

Les professeurs réclament le silence. Mme Cédé prend la parole :

– Mille tralalas ! Il n'est pas question d'exposer les enfants au danger !

– La visite au parc est reportée en raison de l'enquête menée par les gendarmes, ajoute Mme Es en secouant ses bracelets avec énergie. Nous avons avancé d'un jour l'initiation à l'équitation.

Double-Dose est déçue, mais moi, je suis enchantée : l'affaire est entre les mains d'adultes compétents. De toute façon, j'étais prête à 29
n'importe quelle activité, y compris un cours ennuyeux dans une salle de classe plutôt que de me retrouver là où *les temps se rassemblent* !

Le car nous dépose devant le club d'équitation dirigé par Thierry. Comme il est absent (nous ne devions venir que le lendemain), c'est son associé qui improvise les activités : un premier groupe visionnera un film, le deuxième visitera les installations ; le troisième, dont je fais partie, va monter à cheval. Le moniteur nous présente le matériel : l'étrier, les rênes, la selle… Puis nous allons jusqu'aux boxes pour sortir les chevaux. C'est plus compliqué que je n'imaginais ! Après quelques contorsions, j'arrive à m'asseoir sur le dos d'un cheval nommé Kalao. Au premier claquement de langue, l'animal démarre. La file de chevaux part sur un chemin de randonnée. Quelle vue superbe de là-haut ! Et pour tourner à droite ou à gauche, pas besoin de volant. Il suffit d'un petit coup sur les rênes. C'est très amusant. Jusqu'au moment où Kalao décide de fausser compagnie au groupe. Il prend à gauche alors que le groupe continue tout droit.

– Eh ! C'est par là ! lui dis-je en montrant le chemin par lequel mes camarades s'éloignent.

Tandis que je me débats avec les rênes, Kalao secoue la tête, souffle par les naseaux, et s'en va là où ça lui chante. Il se met au petit trot. Je me couche sur son encolure pour éviter les branchages du sous-bois dans lequel il a décidé d'entrer. C'est bien ma chance ! Pourquoi est-ce moi qui hérite de l'animal qui a décidé de ne pas obéir ? Ne pas obéir ? Et soudain, la terreur me broie le cœur. La prophétie ! *Quand animaux plus n'obéiront*... C'est exactement ce qui m'arrive ! La fin du monde, c'est pour moi ! Mais c'est une monmon... une monstrueuse erreur ! C'est Doudou... Double-Dose qui devrait être à ma place ! Papa... pas de panique... Essayons la GPPM. *Do, dormir sur ses deux oreilles*... Ce n'est pas le moment. *Si, siffler*... Ça va peut-être arrêter Kalao ? Mais vous avez déjà tenté de siffler en étant secoué en tous sens par un cheval en train de galoper ? Impossible ! Que veut donc cet animal, à la fin ? Où m'emmène-t-il ?

Soudain, les arbres s'écartent, et nous débouchons près d'un étang. Kalao n'a pas l'intention de prendre un bain au moins ? Si ! Il entre dans l'eau ! La finfin... la fin du monde, c'est peut-être une ana... une armée de monstres aquaqua... aquatiques ! Le cheval va les réveiller et ils vont envahir le monde ! Il faut fuir ! D'un autre côté, si je descends, je vais mouiller mes chaussures... Bon, tant pis. Je m'apprête à me laisser glisser dans dix centimètres d'eau quand Kalao s'arrête, penche la tête et se met tout simplement à boire ! C'était bien la peine de me terrifier pour quelques gorgées d'eau ! Il n'aurait pas pu

Que voit Crème-Baba sur l'étang ?

prévenir ? Non, évidemment… Seul D'Artagnan aurait pu le comprendre. Pour la première fois de ma vie, je me dis que savoir communiquer avec les bêtes, c'est un don précieux.

Soudain, un sifflement aigu déchire le silence. Kalao fait un écart qui manque de me jeter à l'eau. Dans un ronflement de moteur, un petit train apparaît, longeant la rive opposée de l'étang. Kalao se calme tandis que les wagons défilent. Brusquement, une fenêtre s'ouvre et quelque chose est violemment projeté au dehors. Un plouf, quelques cercles concentriques à la surface de l'eau, et plus rien. Je fixe la surface à nouveau lisse de l'étang. Tout s'est passé si vite ! Ai-je rêvé ? Ou bien quelqu'un a-t-il réellement jeté un paquet par une fenêtre du train ?

J'essaie un claquement de langue : Kalao repart. Quelques petits coups de rênes : il obéit. J'en profite pour contourner l'étang et aller voir jusqu'à la voie ferrée. Rien, bien sûr. À moins que… En bas du talus de la voie, il y a un point rouge. Peut-être est-ce tombé quand on a jeté le paquet dans le lac ? À tout hasard, je descends de cheval et je ramasse le point rouge. C'est un briquet. Il ne me reste plus qu'à rejoindre les autres. Kalao a sans doute envie de revoir ses copains lui aussi, car il me laisse facilement remonter en selle. Je n'ai même pas besoin de le guider : il va tout seul. Après tout, de quel droit exigeons-nous, nous les humains, que les animaux nous obéissent et se plient à nos caprices ?

Quand je rejoins mes copains, je préfère ne pas parler de ce qui m'est arrivé : ma terreur leur paraîtrait ridicule…

Le lendemain, nos professeurs décident de reprendre le programme où nous l'avons laissé. Vingt-quatre heures se sont écoulées sans le moindre incident au Puy du Fou et tout danger semble écarté. Nous voilà donc au parc pour une deuxième journée de visite, avec ce soir le spectacle de la Cinéscénie.

– Enfin ! dit Double-Dose. On va pouvoir continuer notre enquête.

– Pourvu que les gendarmes aient déjà tout résolu ! dis-je à Puyfolette.

Une fois dans le parc, les deux classes prennent la direction du stadium gallo-romain. Dominant une piste couverte de sable, les gradins

sont noirs de monde. Musique rugissante, choc des gladiateurs, course rapide des chevaux, tout est conçu pour nous faire frissonner. Les cascadeurs simulent des accidents de chars qui 31
font crier d'émotion le public. Et tout se passe sans un accroc. Apparemment, la fin du monde n'est pas au programme ! Après une énième fiche à remplir, les professeurs nous laissent enfin quartier libre dans le parc. Pendant que ma copine et Puyfolette sont parties acheter une bouteille d'eau, je regarde le carillon animé : à chaque heure, des personnages se déplacent, sonnant les cloches avec leur marteau.

Soudain, entre les personnages, j'aperçois Babar, un téléphone portable à la main. Ce qu'il entend n'a pas l'air de lui faire plaisir. Il rougit, baisse la tête, et danse d'un pied sur l'autre, indécis. Brusquement, il abandonne son groupe et part seul. Vraiment bizarre. Sans réfléchir, je lui emboîte le pas, tout en me cachant. Je le vois pousser une porte à demi dissimulée dans la végétation, après avoir jeté un regard soupçonneux autour de lui. Il est entré dans le chemin creux des guerres de Vendée. Il vaudrait mieux attendre le retour de Double-Dose… Mais le temps qu'elle revienne, Babar aura disparu. Tant pis, je me lance.

Je pousse la porte et j'entre à mon tour dans
le chemin creux. Sous une lumière lunaire,
j'aperçois des silhouettes au teint de cendre,
paysans près de leur chaumière, soldats cachés
derrière des buissons. Ils sont immobiles, comme
figés par un cataclysme. J'avale ma salive avec 32
difficulté.

– Mais non, me dis-je à mi-voix pour m'encourager, ce n'est papa… pas la fin du monde… Ce sont juste des mama… des mannequins de cire ! *La, se lailai… se laisser aller sur le rythme…* Et tout ira bien !

À une dizaine de mètres, j'aperçois le tee-shirt coloré de Babar. Il est en train de parler avec deux mannequins, des moines couverts d'une grande robe à capuchon ! Est-il devenu fou ? Ou bien c'est moi ? Car voilà qu'un des mannequins se met à bouger ! Il attrape Babar par le bras, et le secoue ! Babar fait non de la tête, tente de se dégager, mais le moine l'entraîne dans les broussailles du décor. Je n'aime pas trop Babar, mais il faut absolument que je vienne à son secours ! Comment ? Il n'y a personne d'autre dans le chemin creux ! Ah, si j'avais attendu Double-Dose ! Quelle idée de m'être jetée de moi-même dans la gueule du loup ! Soudain, le personnage à la capuche m'aperçoit. Aussitôt, il lâche Babar et bondit vers moi. Dans un hurlement de terreur, je me précipite vers la sortie. La dernière image que j'aperçois, ce sont les paysans devant leur chaumière qui penchent brusquement de côté comme s'ils tombaient. J'ai à peine le temps de me dire que c'est moi qui tombe, et c'est le noir.

6

Avant même d'ouvrir les yeux, je perçois autour de moi un bourdonnement d'où s'échappent des paroles :

– Ne la déplacez pas ! Elle est peut-être blessée !

– Mais c'est elle qui bouge !

Effectivement, je soulève une main pour m'assurer que la machine fonctionne. *Ré, réviser sa flûte (on verra plus tard) et respirer à fond.* C'est ce que je fais. Puis j'ouvre les yeux et je m'assois avec précaution. Je fais le point : une oreille encore bourdonnante, là où l'homme en
capuchon a frappé ; une épaule endolorie, sans 33
doute à cause de la chute ; quant à mes carambars, ils sont toujours dans ma poche.

– Ça va mieux ? me demande l'un des adultes qui m'entourent.

– Veux-tu qu'on prévienne quelqu'un ? Tes camarades ? Tes professeurs ?

– Non, non... Euh... Ce n'est rien, juste un coup de fatigue, dis-je.

Il faut tout raconter à Double-Dose. Elle saura ce qu'il faut faire. Je me remets debout. Ça tangue un peu. Je prends le temps de remercier tout le monde, et lorsque j'entame un carambar, les gens me laissent partir, rassurés. C'est à eux que je dois d'être encore là : ils ont dû déranger le faux moine qui a pris la fuite, sans doute en entraînant Babar.

Je quitte le chemin des guerres de Vendée, à la recherche de Puyfolette et de Double-Dose. Je finis par tomber sur elles.

– Où étais-tu passée ? s'écrie Puyfolette.

– Ça fait une heure qu'on te cherche ! ajoute Double-Dose.

– C'est fou ce qui m'est arrivé ! dis-je en
arborant mon bleu à l'épaule. Je reviens d'un 34
combat avec un moine en capuche !

Mes copines se regardent, me regardent, sans un mot. Visiblement, elles ont du mal à me croire. Je raconte alors les événements, sans oublier ma fuite, dont je ne suis pas fière…

– Tu as pris des risques en essayant de venir en aide à Babar, me dit Puyfolette. Si c'est pas du courage, je ne sais pas ce que c'est !

– Et tu as trouvé une piste. Bravo, Crème-

Baba ! dit ma copine.

Je rougis sous les compliments. Et nous voilà de retour dans le chemin des guerres de Vendée. Où le moine et Babar ont-ils disparu ? Nous parcourons le chemin aménagé en détaillant chaque scène pour essayer de trouver un indice. Près de la chaumière, il y a des branches brisées : c'est là que je suis tombée. Un peu plus loin, il y a bien un moine encapuchonné, mais c'est un mannequin et il est seul.

– Tu es sûre qu'il y en avait un deuxième ? Ce n'est pas ton imagination ?

– Et la bosse derrière mon oreille, c'est l'imagination qui m'a fait ça ?

Quel meilleur déguisement pour mon agresseur que ce costume de moine ? Il lui suffisait de s'immobiliser pour se fondre dans le décor. Facile pour piéger une victime !

– Qu'est-ce que Babar est venu faire ici ?

Je raconte le coup de téléphone, les hésitations de Babar, puis sa décision brusque de venir dans le chemin des guerres de Vendée.

– Donc il avait rendez-vous avec son agresseur, remarque Double-Dose.

– Babar qui trempe dans une affaire louche ?

Ce n'est pas tellement son genre, dit Puyfolette.

– Je sais ce que j'ai vu, tout de même !

– Je te crois, je te crois... dit Puyfolette. Alors essayons de trouver une preuve.

Nous pénétrons dans les broussailles formées par le décor. Soudain, sous les végétaux qui couvrent le sol, nous apercevons quelque chose de blanc. Du pied, Puyfolette écarte les broussailles.

– Une feuille de papier ! dit-elle.

Double-Dose se penche et veut ramasser le papier. Mais la feuille résiste. Ma copine dégage tout autour. Elle découvre que la feuille est coincée dans une fente qui suit un tracé rectiligne, tourne à angle droit et délimite un carré sur le sol. Au milieu, un anneau.

– Une trappe ! s'écrie Double-Dose.

Au ton enthousiaste de sa voix, je sens venir la crise d'aventurite. Puyfolette examine la feuille.

– C'est l'écriture de Babar !

– Il dit quoi ?

– Rien, c'est une feuille de son carnet pour noter les détails des visites.

– Il ne l'a sans doute pas perdue par hasard. Il a sûrement voulu laisser un indice, dit Double-Dose.

Quel indice les trois filles trouvent-elles ?

– Je me demande où ça va nous mener ! s'exclame Puyfolette, les yeux brillants.

Ce n'est pas seulement une crise. C'est une épidémie : Puyfolette et Double-Dose sont atteintes toutes les deux ! Et sans attendre, elles se mettent à tirer sur l'anneau. La trappe s'ouvre, découvrant des marches qui s'enfoncent dans le sol.

– C'est un passage secret. Il y en a tout plein au Puy du Fou, dit Puyfolette.

– Tu le connais, celui-là ?

– Pas sûr… Il y en a tellement ! On s'est amusé à en parcourir quelques-uns avec les copains de la Cinéscénie… Mais c'est un vrai labyrinthe, on est loin d'avoir tout exploré. Surtout que c'est interdit…

– On ne… ne… on ne va pas descendre dans ce puits tout noir ? dis-je.

– Pourquoi pas ? répond Double-Dose.

– Mais… on va se perdre ! Et il n'y a sûrement rien à manger, là au fond !

– Babar a peut-être laissé d'autres indices, il faut en avoir le cœur net ! déclare Double-Dose.

Je vois bien que rien ne les fera reculer. Aussi, je sors le briquet rouge de ma poche.

J'ai bien fait de le ramasser ! Et c'est à la lueur vacillante de sa flamme que nous descendons dans l'inconnu.

Après quelques marches taillées dans la terre et maintenues par des rondins de bois, nous avançons dans un boyau étroit. Les racines du sol nous balaient le visage. À moins qu'il ne s'agisse de toiles d'araignées ? Ou d'ailes de chauves-souris ? Ou de doigts de fantômes ? J'en frissonne à chaque pas. Soudain, une intersection. Que faire ? Discussion à trois :

– On prend à droite ?

– On prend à gauche ?

– Sissi… si on faisait demi-tour ?

C'est ce qu'on pourrait faire de plus raisonnable : on n'a rien pour marquer notre passage et d'après Puyfolette c'est un vrai labyrinthe. Mais Double-Dose n'est pas du genre raisonnable.

– On prendra tout le temps à droite. Comme ça, s'il faut revenir en arrière, il n'y aura qu'à prendre tout le temps à gauche et on ne se perdra pas.

Je reconnais bien là Double-Dose. Elle n'imagine même pas qu'un éboulement pourrait nous enterrer vivantes, ou bien qu'une bête pourrait nous attaquer, ou encore que le ravisseur de Babar pourrait nous faire subir un mauvais sort. Non ! Apparemment, il n'y a que moi qui pense à toutes les horreurs qui pourraient nous arriver. Alors il faut que j'arrête de penser. Je me récite la GPPM de Mme Cédé pour faire taire mes angoisses. En tout cas, nous ne trouvons aucune trace du passage de Babar, ni de son ravisseur. Ils ont sûrement pris un autre chemin. Si ça se trouve, il y a longtemps qu'ils sont remontés à l'air libre pendant que nous nous morfondons, aveugles comme des taupes ! En plus j'ai mal aux pieds. Et je sens que je vais bientôt avoir faim. Soudain, Double-Dose s'arrête net.

– Une sortie ! s'écrie-t-elle.

Le briquet vient éclairer une volée de marches qui remontent vers une petite porte. Ma copine s'approche et pousse le battant. Rien ne bouge.

– C'est fermé à clé ? demande Puyfolette.

– Non, je ne crois pas… Ça a l'air coincé, seulement.

– Alors, poussons toutes les trois.

– Non ! Non ! dis-je. Écoutons d'abord. Qui sait ce qu'il y a de l'autre côté ?

Mes copines reconnaissent que c'est une bonne idée. L'oreille collée au battant, nous retenons notre respiration, en essayant de percer le silence. Pas un bruit.

Au bout d'un moment, Double-Dose murmure :

– Bon, on va pas rester là cent sept ans. À trois, on y va !

Nous poussons de toutes nos forces – enfin, moi, pas trop – et la porte cède…

7

Au fond, je crois que D'Artagnan a raison : les animaux sont plus intelligents que nous. Sinon, comment expliquer que Cocoax nous ait attendues derrière la porte du souterrain ?

– Coa ! Coa ! s'écrie-t-elle en sautant sur place.

– Elle est bien excitée, tu ne trouves pas ? dit Puyfolette.

– On dirait qu'elle veut nous faire comprendre quelque chose… Mais quoi ?

Au sortir du souterrain, nous nous trouvons dans une cour entourée de bâtiments. Sur les portes, des indications : infirmerie, intendance, vestiaire, etc.

– Nous sommes à l'extérieur du parc, là où le personnel se prépare avant d'entrer sur le site, dit Puyfolette en reconnaissant les lieux où elle a eu l'occasion d'accompagner sa sœur. Les visiteurs n'ont pas le droit d'être là.

– Et le moine à capuche, il avait le droit d'enlever Babar ? réplique Double-Dose.

– Ils se sont disputés… Mais après, Babar l'a peut-être suivi de son plein gré ? Peut-être a-t-il déjà rejoint sa classe ?

– Allons voir ! J'aimerais lui demander quelques explications, dit ma copine.

Il ne nous reste plus qu'à retourner dans le parc. C'est d'ailleurs là que Cocoax semble vouloir nous conduire. Une cloison de bois plein marque la séparation entre le parc et la cour extérieure. Pour se retrouver dans l'enceinte du parc, il n'y a qu'à pousser un panneau. Dessus, un écriteau jaune est apposé : « *Sourions, nous entrons en scène* ». C'est ce que les employés lisent avant de commencer leur travail.

– Tiens, tiens, tiens… dit Double-Dose.

Le panneau lui a encore donné une idée. Je ne veux surtout pas savoir quoi ! Première chose à vérifier : la présence ou l'absence de Babar. Difficile au milieu d'un parc de plusieurs hectares envahi par les visiteurs ! Les visiteurs ? Mais où sont-ils ? Bizarrement, le public a l'air d'avoir disparu. Nous parcourons les allées. Personne. Pas un bruit. Les attractions sont comme mortes.

– Izon… izonzon… ils ont commencé la…

la finfin… la fin du monde ? dis-je.

Et pour une fois, Double-Dose elle-même a l'air inquiète. Alors, c'est vraiment sérieux ! Peut-être toute l'humanité a-t-elle disparu ? Peut-être sommes-nous les seules survivantes avec Cocoax ? Mais soudain, alors que nous passons devant le stadium gallo-romain, un haut-parleur diffuse un message :

– Prière à tous les visiteurs du parc de se regrouper d'urgence aux abords de l'entrée. Prière à tous les visiteurs…

Voilà pourquoi Cocoax était partie à notre recherche ! Cette grenouille a un cœur gros comme ça ! Nous courons au point de rencontre. D'Artagnan retrouve Cocoax avec émotion. Mme Cédé compte et recompte les élèves.

– Mille tralalas ! Il en manque encore. Refaisons l'appel.

– Présente ! dit Double-Dose en entendant son nom.

– Présente ! dis-je à mon tour.

Il n'y a plus qu'un absent : Babar. Il a sûrement été enlevé, sinon il aurait obéi aux ordres lancés par haut-parleur. D'ailleurs pourquoi sommes-nous tous réunis ici ?

Qu'annonce la lettre anonyme ?

– Vous ne savez pas la nouvelle ? s'écrie Le Tondu.

La direction du parc a reçu une lettre anonyme. 36
Elle annonce qu'une explosion aura lieu
pendant le spectacle de ce soir. Or il ne reste
que trois heures avant la représentation.
Comment vérifier en si peu de temps les vingt-
trois hectares du site de la Cinéscénie, avec le
château Renaissance, les moulins, le lac, les
milliers de places de gradins ? Sans compter le
matériel disposé sur le site : les trois cents pièces
d'artifice, les aquaflammes et les ordinateurs 37
dirigeant les effets spéciaux ! Tous les services de
sécurité sont déjà à pied d'œuvre pour une
course contre la montre. Si tout n'est pas vérifié
et sécurisé avant ce soir, le spectacle sera annulé.

– Et on attend des cars de l'Europe entière ! se lamente un des responsables. C'est une catastrophe !

Mais pour moi, il y a pire : l'enlèvement de Babar. Il faut prévenir les professeurs. Pour une fois, Double-Dose est d'accord. Sans doute comprend-elle que l'affaire est trop grave pour qu'on s'amuse à faire l'enquête à la place de la police. Je me sens soulagée. Un peu étonnée aussi : ma copine renonce-t-elle réellement à jouer les héroïnes ?

– Voilà ce qu'on va faire, dit-elle : un de nos copains ira prévenir un prof dès que nous aurons disparu.

– Dis… disparu ? dis-je, inquiète.

– On part à la recherche de Babar avant que les profs nous emmènent hors du parc. Sinon, on ne pourra rien faire !

Rien faire ? Mais c'est justement ce que je voulais ! Et en plus il ne me reste qu'un seul carambar ! Comment tenir le coup pour une mission à hauts risques dans ces conditions ? Je refuse totalement de…

– En avant ! dit Double-Dose.

– On va où ? Pour faire quoi ? demande Le Tondu.

– Coa ?

– Sauver un éléphant ! dit Double-Dose.

– Chouette ! s'exclame D'Artagnan.

Et tous emboîtent le pas à ma copine.
Puyfolette parce qu'elle est intrépide, Le Tondu 38
parce qu'il est curieux et D'Artagnan parce qu'il s'imagine que la ligue de protection des animaux est dans le coup. Alors que voulez-vous que je

fasse ? Je suis bien obligée de suivre ! Parce que cette bande de cinglés, ce sont quand même mes copains.

Nous repassons par la cloison de planches. Nous trouvons des lampes de poche dans une réserve du parc que connaît Puyfolette. Puis nous reprenons la direction du souterrain. Mais je garde quand même le briquet. On ne sait jamais. Si toutes les lampes s'éteignaient ? D'Artagnan a beau comprendre le langage des animaux, ça m'étonnerait qu'on trouve une taupe à chaque carrefour pour nous indiquer la route à suivre !

Retour dans les souterrains. Nous arrivons à la première intersection. Le Tondu, qui a toujours les objets les plus divers dans ses poches, trouve un manche de cuillère avec lequel il fait des marques dans la terre des parois. Nous pouvons nous enfoncer dans le labyrinthe avec l'assurance de ne pas nous perdre. On devrait pouvoir ressortir… Un jour lointain… Pâles comme des endives et affamés comme des loups…

– Regardez, là-bas ! s'écrie Le Tondu. Quelque chose de blanc !

– Une feuille du carnet de Babar !

Cette fois, nous sommes sur la bonne piste.

D'ailleurs, les couloirs s'élargissent et changent d'aspect : les parois de terre font place à des murs construits ou taillés dans le roc, des fils courent le long des murs. Sans doute sommes-nous arrivés dans la partie des souterrains qu'on utilise pour la machinerie du spectacle. Soudain, nous apercevons un reflet sur la paroi.

– Il y a sûrement quelqu'un ! chuchote Double-Dose. Restez là, je vais voir…

– J'y vais aussi, murmure Le Tondu.

Et voilà mes deux copains en train de frôler le mur jusqu'à un coude du souterrain. Ils avancent la tête, puis le corps tout entier, et disparaissent dans l'autre couloir. Plus un bruit. Au moins personne ne les a assommés. On aurait entendu des cris. Alors que font-ils ? Pourquoi ne nous appellent-ils pas ? Puyfolette ne tient plus en place.

– J'y vais ! s'écrie-t-elle.

– Tutu… tu ne vas pas me laisser ici toute seule ? dis-je en m'accrochant à elle.

– Aïe ! Mais tu n'es pas toute seule, il y a D'Artagnan et Cocoax avec toi !

Ma copine se dégage et disparaît. Tout à sa passion des animaux, D'Artagnan ronchonne :

– Les gens ne sont pas raisonnables avec leur éléphant. Quelle idée de l'avoir fait descendre dans un souterrain ?

Je me laisse glisser à terre, plongée dans le découragement le plus profond… Quand on me demandera ce que j'ai fait au Puy du Fou, si jamais je m'en sors, personne ne voudra me croire si je dis :

– On a cherché un éléphant dans un labyrinthe…

Soudain, une lumière vive réapparaît au coude du souterrain.

– Ohé ! Vous pouvez venir ! lance la voix de Double-Dose.

D'Artagnan, Cocoax et moi, nous nous précipitons et nous débouchons dans une salle souterraine encombrée de matériel électrique. Pas de Babar. Par contre, Thierry s'active, un tournevis à la main. Avec son sourire éclatant, il nous explique qu'il s'est proposé pour donner un coup de main au personnel du parc afin de tout vérifier avant ce soir.

– Retournez avec votre classe, les enfants. La menace d'explosion, c'est du sérieux. Laissez les adultes s'en occuper.

– Oui, les adultes ! dis-je en regardant Double-Dose.

Et pour Babar, même chose. Allons tout raconter à la police. Tout en essayant de convaincre Double-Dose à mi-voix, je tourne et retourne le briquet dans mes mains. Soudain, Thierry l'aperçoit et me dit :

– C'est mon briquet ! Où l'as-tu trouvé ?

– Au bord du lac, à côté de la voie ferr…

Je n'ai pas le temps de terminer ma phrase que Thierry lâche son tournevis. Il se penche pour le ramasser. Je trouve qu'il met un peu longtemps… Puis il se redresse et dit, toujours avec son sourire éblouissant :

– Merci pour le briquet. Maintenant, retournez avec votre classe. Tenez, passez par là. C'est plus court. Au premier croisement, vous prenez à gauche et vous arriverez dans le parc.

Bon. On n'a pas retrouvé Babar, mais au moins on va sortir de là. C'est déjà ça !

– Vous êtes sûr que Thierry a dit de tourner à gauche ? demande Puyfolette.

Il y a déjà un petit moment que nous marchons et pas de porte en vue. Les parois et le sol sont de plus en plus défoncés. Soudain, nos lampes éclairent un énorme éboulis qui bouche complètement le passage.

– On s'est trompés ? je demande.

– Non ! *On* nous a trompés, rectifie ma copine.

– Les éléphants, ça trompe énormément, constate D'Artagnan

– Demi-tour avant qu'il ne soit trop tard ! s'écrie Double-Dose.

Il y a tant d'inquiétude dans sa voix que sans demander d'explications, nous nous mettons à courir tant bien que mal à cause des irrégularités
du sol. Les halos de nos lampes dansent folle- 39
ment sur les parois. Haletants, nous venons nous échouer contre une grille cadenassée : le souterrain par où nous venons de passer a été fermé ! Nous voilà prisonniers !

8

– Saleté de grille ! s'écrie Le Tondu en secouant la ferraille.

– Qu'est-ce que ça veut dire ? s'écrie Puyfolette. Cette grille n'était pas là tout à l'heure !

– C'est lalal… l'alchimiste kiki… qui nous a faits prisonniers ? dis-je en bredouillant.

– Quelle imbécile je suis ! grommelle Double-Dose. J'ai compris, maintenant, mais c'est trop tard !

– Compris quoi ? demande Le Tondu.

– Coa ? Coa ? répète Cocoax.

– À notre premier passage, la grille était sans doute ouverte, dit Double-Dose. Elle devait se fondre dans l'obscurité des parois, voilà pourquoi nous ne l'avons pas vue.

– Mais elle ne s'est pas fermée toute seule ! dit Puyfolette.

– Bien sûr que non ! *On* nous a envoyés dans une mauvaise direction et *on* a fermé la grille pour nous empêcher de ressortir. C'était un piège !

– On… répète Puyfolette en ouvrant de grands yeux étonnés. Tu veux dire… Thierry ? Ce n'est pas possible…

– *Sourions, nous entrons en scène !* cite Double-Dose. Le sourire de Thierry m'a paru forcé dès le premier jour où je l'ai vu, comme s'il jouait un rôle. Mais je ne me suis pas assez méfiée de lui !

Avant de s'expliquer davantage, elle me demande des précisions sur le briquet. Je raconte l'escapade de Kalao, l'arrêt au bord du lac, le paquet jeté du train.

– Tu aurais dû me raconter ça plus tôt, me dit Double-Dose. J'ai entendu les policiers dire que, faute de preuves, ils avaient relâché un suspect arrêté à la gare, donc à la descente du train.

– Thierry était absent le jour où on a fait de l'équitation, fait remarquer Le Tondu : il pouvait effectivement être dans le train… Mais de quoi le soupçonne-t-on ?

– La liste est longue : l'accident de Fifi, la disparition des costumes, les pannes électriques, l'intoxication alimentaire, la fuite des aigles, l'incendie de la tour, l'explosion de ce soir…

– Dans le lac, il a sûrement jeté quelque

D'après Double-Dose, qui a fermé la grille du souterrain ?

chose de compromettant ! dit Le Tondu.

– Mais… il aidait les techniciens à vérifier les installations, dis-je.

– C'est ce qu'il a essayé de nous faire croire, répond Double-Dose. Et sans sa réaction face au briquet, il aurait réussi. En fait, il devait être en train de saboter les circuits !

– Comme on représentait un danger pour lui, il s'est débrouillé pour se débarrasser de nous…

– Mais pourquoi ? s'exclame Puyfolette.

– C'est ce qu'il va falloir découvrir une fois qu'on sera sortis de là. À condition que l'explosion n'ait pas lieu avant !

Nous voilà replongés dans l'horreur de la situation : coincés entre une grille et un éboulis, et par-dessus le marché, menacés d'écrasement… Anéantie, je me laisse glisser sur le sol. Des larmes silencieuses débordent de mes yeux. Cocoax saute sur mon épaule et vient me lécher la joue.

– D'Artagnan ! dis-je. Envoie Cocoax chercher du secours !

– Sans interprète, personne ne la prendra au sérieux, répond Double-Dose en soupirant.

– Mais on ne va papa… pas attendre la fin du monde sans rien faire ! dis-je.

Les derniers mots résonnent sur les parois du souterrain et un silence de mort s'abat sur nous. C'est alors que D'Artagnan fait remarquer :

– On dirait une lueur dans le lointain. C'est déjà le matin ?

Aussitôt, nous cessons de respirer, les yeux rivés sur la lueur. Au milieu du souterrain, la paroi est faiblement éclairée. Puis un point lumineux apparaît, comme si quelqu'un, une lampe à la main, venait d'entrer dans le boyau par le côté. La lumière s'avance vers nous. Le halo grossit, nous dissimulant ce qu'il y a derrière. La lampe s'arrête, nous éclaire les uns après les autres, et une voix bien connue nous dit :

– Vous aussi, vous trempez dans l'affaire ?

C'est Babar ! Je n'ai jamais été aussi contente de le voir ! Ou plutôt de l'entendre !

– D'où sors-tu ? s'étonne Double-Dose.

– On verra plus tard, dit Le Tondu. Fuyons avant que ça saute !

Nous emboîtons le pas à Babar qui file à toute vitesse en entendant parler d'explosion. Entre la grille et l'éboulis, il y a une fissure que nous n'avions pas vue tant nous étions pressés. C'est par là que Babar s'est faufilé en entendant parler dans le souterrain voisin du sien. Nous rejoignons un boyau plus vaste et nous ressortons tout près du chemin des guerres de Vendée. Puis nous filons jusqu'à la sortie du parc, où Mme Cédé et Mme Es, folles d'inquiétude, sont en train de donner notre signalement aux policiers. Aussitôt, c'est un interrogatoire serré entre les professeurs, la police et nous :

– Mille tralalas ! Où étiez-vous passés ?

– C'est un éléphant qui…

– … ou plutôt les aigles que…

– … et avec ma grenouille, quoi…

– Coa ! Coa !

– Pas tous à la fois ! Qu'est-ce que c'est que cette ménagerie ? On n'est pas au zoo !

Une fois le calme rétabli et les explications données, des policiers se hâtent d'aller arrêter Thierry. Il commence par nier tout en bloc, sourire éclatant aux lèvres, malgré les preuves déjà collectées par les policiers : par exemple, une prise de sang a été faite au cheval de Fifi après sa chute. On a retrouvé dans les analyses un excitant stocké dans la pharmacie vétérinaire du club d'équitation. Quand je raconte l'épisode du paquet jeté par la fenêtre du train, Thierry finit par craquer. Alors son sourire se change en une horrible grimace, des sursauts nerveux agitent ses épaules et ses yeux roulent dans tous les sens. La voix remplie de haine, il crie :

– J'ai tout saboté ! Tout ce que je pouvais ! Repas, circuits électriques, costumes ! C'est moi ! C'est moi ! J'ai fait fuir les aigles avec un signal en infrason ! J'ai mis le feu à la tour de guet ! Moi ! Moi tout seul !

– Meuuuh ! Meuuuh ! Meuuuh !

– Qu'est-ce que c'est que ce cirque ? demande un policier.

– Ça marche ! s'exclame Le Tondu. Thierry est fou à lier. C'est le foldingoscope qui le dit. Le signal est au maximum.

Je me souviens alors de notre première rencontre avec Thierry, dans le parc du Puy du Fou : le foldingoscope avait effectivement désigné Thierry comme fou.

– Tu sais quoi ? me dit Le Tondu. J'ai envie d'essayer le foldingoscope dans la salle des professeurs, quand on reviendra au collège…

Quant à Thierry, il continue de délirer. De son discours de plus en plus incohérent, il ressort qu'il était obsédé par l'idée d'être le maître du Puy du Fou. Devenir cascadeur n'était pour lui qu'une étape. Et on l'avait renvoyé à son club après le remplacement de Fifi ! Alors ce soir, il tentait une dernière manœuvre : faire semblant de chercher et de trouver les bombes qu'il avait lui-même placées à trois endroits précis, et les désamorcer. Ainsi on croirait que l'explosion aurait été évitée grâce à lui. En gagnant la reconnaissance de tous, il était sûr de parvenir à ses fins ! Mais notre arrivée avait mis son plan par terre.

– Et vous comptiez vous débarrasser de ces témoins gênants ? interroge un policier en nous montrant.

– Je suis un héros ! crie Thierry, les yeux fous. Le sauveur du parc ! Le maître du Puy du Fou !

– Meuuuh ! Meuuuh ! Meuuuh !

Des équipes partent sillonner le site pour désamorcer les bombes. Ce soir, le grand spectacle de la Cinéscénie pourra avoir lieu. Quand le directeur annonce la nouvelle, tout le monde applaudit.

– Tout est bien qui finit bien, dis-je. J'espère qu'on aura droit à un bon repas ! Avec beaucoup

Qui avait pris l'encrier ?

de babas à la chantilly !

– Fini ? Pas encore ! s'exclame Double-Dose.

– Tu ne vas pas encore inventer quelque chose pour me couper l'appétit !

– Et l'encrier ? Et l'enlèvement de Babar ? Et la prédiction de l'alchimiste ?

Thierry n'en a pas soufflé mot. Il n'a probablement rien à voir là-dedans. Alors qui est responsable ?

– Qui ? demande Double-Dose à Babar. J'ai idée que tu as des explications à nous donner à ce sujet.

Babar se tortille en rougissant. Et d'une toute petite voix, il avoue :

– C'est… c'est ma faute…

Babar coupable ? On aura tout vu !

– Je… c'est… c'est à cause du dessin à la Chabotterie… J'ai… j'ai pris l'encrier pour recopier tous les détails… Je voulais le remettre après, je le jure. Mais le journaliste m'a vu… Il a menacé de me traiter de voleur dans son journal si je ne faisais pas tout ce qu'il voulait…

Babar se tait et baisse la tête. Il renifle en se tordant les mains.

– Vous… vous allez me dénoncer ?

– On n'est pas des balances ! répond Double-Dose. Mais tu nous dis tout !

– Oui, tout. Coin-Coin connaissait la prédiction de l'alchimiste, et les ennuis au parc. Lorsqu'il m'a vu prendre l'encrier, ça lui a donné une idée.

– Quelle idée ?

– Exploiter les événements qui collaient à la prédiction, et au besoin les provoquer.

– Mais pour quelle raison ?

– Il voulait se faire un nom. Avec des articles à sensation.

– Et l'enlèvement ? dis-je. C'était peut-être un faux enlèvement, mais ma bosse et mon bleu, ils sont vrais !

Pour être conforme à la prédiction, il fallait une disparition d'enfant. Babar raconte comment le journaliste déguisé en moine l'a entraîné dans les souterrains, comment il devait réapparaître le lendemain pour raconter qu'il s'était perdu et endormi sous terre. Entre-temps, il y aurait eu dans le journal un article sensationnel qui devait
faire exploser la cote du journaliste. 42

– Ce Coin-Coin est un vilain monsieur, s'exclame Double-Dose. Chantage avec Babar, agression de Crème-Baba… On va lui donner une bonne leçon…

Et ma copine contacte un autre journal pour lui accorder une interview exclusive sur nos aventures au Puy du Fou. La cote de Coin-Coin va drôlement redescendre !

Le soir même, installés à une place de choix sur les gradins du Puy du Fou, nous profitons en toute tranquillité du spectacle de la Cinéscénie. Musique, lumières, décor, personnages, tout est grandiose. Et là, je comprends enfin pourquoi Mme Cédé prend tant de peine à nous enseigner sa GPPM, la Gamme du Parfait Petit Musicien : la musique, c'est un vrai bonheur !

1
un **autre son de cloche**
Une autre opinion.

2
un **bonnet à clochettes**
Bonnet porté autrefois par les fous.

3
cliqueter
Faire un bruit métallique.

4
un **feu follet**
Flamme qui danse en brûlant spontanément sur les marécages.

5
un **heurtoir**
Sorte de marteau qui sert à frapper sur une porte.

6
un **cabinet de curiosités**
Pièce (ou meuble) où on collectionnait autrefois des objets étranges et rares.

7
l'**aventurite**
Maladie qui fait désirer vivre des aventures (mot inventé).

8
ne pas en démordre
Persister dans son idée, ne pas vouloir en changer.

9
une **intoxication alimentaire**
Grave indigestion provoquée par un aliment.

10
clore
Arrêter, conclure.

11
escarpé
En pente raide.

12
un **alchimiste**
Personne qui mêlait la science (surtout la chimie) et la magie.

13
un **candélabre**
Grand chandelier.

14
difforme
Qui a une forme monstrueuse.

15
les yeux **exorbités**
Les yeux semblent sortir de la tête.

16
Oyez !
Écoutez ! (mot ancien).

17
une **théorie**
Explication non encore vérifiée dans les faits ou la pratique.

18
sépulcral
Qui vient de la tombe.

19
une **prédiction**
Action de prévoir l'avenir.

20
la **persévérance**
Volonté de continuer.

21
la **fauconnerie**
Art de dresser les oiseaux pour la chasse, en particulier des faucons.

22
un **hêtre**
Arbre de grande taille à feuilles ovales.

23
tétanisé
Paralysé, les muscles contractés par la peur.

24
une **prophétie**
Ce qui est annoncé par quelqu'un qui dit connaître l'avenir.

25
des **orgues aquatiques**
Ensemble de manettes qui actionnent des jets d'eau.

26
une **cotte de mailles**
Armure à mailles de métal.

27
des **charlatans**
Ici, faux savants.

28
le **prédécesseur**
Celui qui a fait le même travail avant quelqu'un.

29
compétent
Capable.

30
des cercles **concentriques**
Cercles qui ont le même centre et sont de plus en plus grands.

31
simuler
Faire semblant.

32
un **cataclysme**
Désastre qui bouleverse la vie sur terre.

33
endolori
Qui ressent
de la douleur.

34
arborer
Montrer avec fierté.

35
se morfondre
Attendre
tristement.

36
une lettre **anonyme**
Lettre qui n'est pas
signée, dont on ignore
l'auteur.

37
les **aquaflammes**
Appareils situés au ras
de la surface de l'eau et
produisant des flammes
(mot nouveau).

38
intrépide
Qui n'a pas peur
du danger.

39
un **halo**
Rond de lumière
autour d'une lampe.

40
compromettant
Qui peut trahir
quelqu'un, montrer
qu'il est coupable.

41
incohérent
Sans logique, absurde.

42
une **cote**
Appréciation, valeur.

Les aventures du rat vert

1 Le robot de Ratus
3 Les champignons de Ratus
6 Ratus raconte ses vacances
8 Ratus et la télévision
15 Ratus se déguise
19 Les mensonges de Ratus
21 Ratus écrit un livre
23 L'anniversaire de Ratus
26 Ratus à l'école du cirque
29 Ratus et le sapin-cactus
36 Ratus et le poisson-fou
40 Ratus et les puces savantes
46 Ratus en ballon
47 Ratus père Noël
1 Ratus chez le coiffeur
2 Ratus et les lapins
9 Ratus aux sports d'hiver
13 Ratus pique-nique
23 Ratus sur la route des vacances
27 La grosse bêtise de Ratus
38 Ratus chez les robots
41 Ratus à la ferme
46 Ratus champion de tennis
8 La classe de Ratus en voyage
12 Ratus en Afrique
16 Ratus et l'étrange maîtresse
26 Ratus à l'hôpital
29 Ratus et la petite princesse
31 Ratus et le sorcier
33 Ratus gardien de zoo

Les aventures de Mamie Ratus

7 Le cadeau de Mamie Ratus
39 Noël chez Mamie Ratus
3 Les parapluies de Mamie Ratus
8 La visite de Mamie Ratus
31 Le secret de Mamie Ratus
5 Les fantômes de Mamie Ratus

Ralette, drôle de chipie

10 Ralette au feu d'artifice
11 Ralette fait des crêpes
13 Ralette fait du camping
18 Ralette fait du judo
22 La cachette de Ralette
24 Une surprise pour Ralette
28 Le poney de Ralette
38 Ralette, reine du carnaval
45 Ralette, la super-chipie !
4 Ralette n'a peur de rien
6 Mais où est Ralette ?
20 Ralette et les tableaux rigolos
44 Les amoureux de Ralette
48 L'idole de Ralette
11 Ralette au bord de la mer
34 Ralette et l'os de dinosaure

Collection Ratus Poche

Les histoires de toujours

- 27 Icare, l'homme-oiseau
- 32 Les aventures du chat botté
- 35 Les moutons de Panurge
- 37 Le malin petit tailleur
- 41 Histoires et proverbes d'animaux
- 26 Le cheval de Troie
- 32 Arthur et l'enchanteur Merlin
- 36 Gargantua et les cloches de Notre-Dame
- 43 La légende des santons de Provence
- 49 Les malheurs du père Noël
- 21 L'extraordinaire voyage d'Ulysse
- 27 Robin des Bois, prince de la forêt
- 36 Les douze travaux d'Hercule
- 40 Les folles aventures de Don Quichotte
- 46 Les mille et une nuits de Shéhérazade

Super-Mamie et la forêt interdite

- 42 Super-Mamie et le dragon
- 43 Le Noël magique de Super-Mamie
- 44 Les farces magiques de Super-Mamie
- 39 Super-Mamie, maîtresse magique
- 42 Au secours, Super-Mamie !
- 45 Super-Mamie et la machine à rétrécir
- 50 Super-Mamie, sirène magique
- 37 Le mariage de Super-Mamie
- 39 Super-Mamie s'en va-t-en guerre !

L'école de Mme Bégonia

- 11 Drôle de maîtresse
- 14 Au secours, le maître est fou !
- 16 Le tableau magique
- 25 Un voleur à l'école
- 33 Un chien à l'école
- 47 Bonjour, madame fantôme !

La classe de 6e

- 14 La classe de 6e et les hommes préhistoriques
- 17 La classe de 6e tourne un film
- 24 La classe de 6e au Futuroscope
- 30 La classe de 6e découvre l'Europe
- 35 La classe de 6e et les extraterrestres
- 42 La classe de 6e et le monstre du Loch Ness
- 44 La classe de 6e au Puy du Fou

Achille, le robot de l'espace

- 31 Les monstres de l'espace
- 33 Attaque dans l'espace
- 34 Les pirates de l'espace
- 19 Les pièges de la cité fantôme

Collection Ratus Poche

Baptiste et Clara

- 30 Baptiste et le requin
- 35 Baptiste et Clara contre le vampire
- 37 Baptiste et Clara contre le fantôme
- 40 Clara et la robe de ses rêves
- 51 Clara et le secret de Noël
- 22 Baptiste et Clara contre l'homme masqué
- 32 Baptiste et le complot du cimetière
- 38 Clara superstar
- 41 Clara et le garçon du cirque
- 43 Clara, reine des fleurs
- 45 Clara et le cheval noir

Les enquêtes de Mistouflette

- 9 Mistouflette et le trésor du tilleul
- 30 Mistouflette sauve les poissons
- 34 Mistouflette et les chasseurs
- 5 Mistouflette et les tourterelles en danger
- 24 Mistouflette enquête au pays des oliviers
- 1 Mistouflette contre les voleurs de chiens
- 7 Mistouflette et la plante mystérieuse

Hors séries

- 2 Tico fait du vélo
- 4 Tico aime les flaques d'eau
- 5 Sino et Fanfan au cinéma
- 12 Le bonhomme qui souffle le vent
- 25 Sino fête son anniversaire
- 7 Mon copain le monstre
- 19 Le petit dragon qui toussait
- 28 Nina et le vampire
- 2 Les malheurs d'un pâtissier
- 3 Karim et l'oiseau blanc
- 4 Timothée et le dragon chinois
- 6 Le facteur tête en l'air
- 9 Romain, graine de champion
- 10 Le trésor des trois marchands
- 15 Une nuit avec les dinosaures

Conception graphique couverture : Pouty Design
Conception graphique intérieur : Jean Yves Grall • mise en page : Atelier JMH

Imprimé en France par Pollina, 85400 Luçon - n° L98012
Dépôt légal n° 63672 - septembre 2005